KB237393

청어詩人選 114

# 꽃집 아줌마

정문자 시집

도서출판 청어

# 꽃집 아줌마

정문자 지음

발행처 · 도서출판 청어
발행인 · 이영철
영  업 · 이동호
홍  보 · 최윤영
기  획 · 천성래 | 김홍순
편  집 · 김영신 | 방세화
디자인 · 김바라 | 서경아
제작부장 · 공병한
인  쇄 · 두리터

등  록 · 1999년 5월 3일(제22-1541호)

1판 1쇄 인쇄 · 2013년 8월 20일
1판 1쇄 발행 · 2013년 8월 30일

주소 · 서울 서초구 서초3동 1595-10 봉양빌딩 2층
대표전화 · 586-0477
팩시밀리 · 586-0478

홈페이지 · www.chungeobook.com
E-mail · ppi20@hanmail.net
ISBN · 978-89-97706-74-7 (03810)

# 꽃집 아줌마

시인의 말

잘 가꾼 정원에 장미가 아름답지만

돌 틈으로 돋아 피워내는 민들레꽃이 더 장해 보임은

연민의 정입니다.


지혜롭지 못한 삶이지만

우직하게 열심히 살아온 날들

나를 성찰하며 시로 담았습니다.

박영만 선생님의 지도로 시에 세계로 눈을 뜨게 되었고

긴 시간 아껴 주심에 머리 숙여 감사드립니다.

변하지 않는 글벗들의 사랑이 고맙고

도와주신 문우님들께 감사드립니다.

늘 허둥대며 달려가는 내게

목청이 커진 올여름 매미 소리는

이젠 여유롭게

제소리를 들어 보랍니다.


천천히 그리고 더 천천히.


정문자

contents

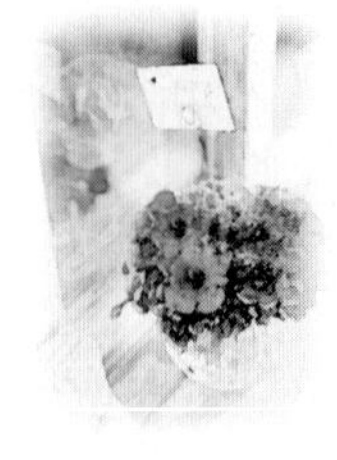

· · · · · · · · · · 꽃집 아줌마

# 1

## 보석빛 하늘

달리는 전철
차창 너머로

털강아지 내숭 떨던
수려한 목련 길

침침한 눈 모아
어느 세월 접고 계시는지

# 새봄

첫돌 지난 손녀에
국적불명 언어
알아듣지 못해
통화 그만하자 끊고 나니
두 볼이 풍선 되어
할미 미워
혀 쏘옥 내밀며
메롱

# 오월

비가 오네요

겨울 이겨낸 힘찬 봄날
함초롬히 내리는 비
하늘 가득 흐드러진 벚꽃은
첫돌 아기 웃음을 재우고
꽃보다 더 고운 푸른 잎을 피우네요

고요 속에 어우러진
잘난 체 않는 하얀 철쭉꽃을 보세요
바람기 잠재운 꿀맛 같은 소슬 비에
휘어지며 돋아난 장미 줄기에
꽃송이에 진한 입맞춤을 보네요

우산 속에 맴도는 옛사람
얼음이 녹아내리듯
녹아내려 빈 가슴에
당신도 지금 나처럼
오월에 젖는가요

비가 옵니다

# 꽃비

봄바람 드세다
비 불러온 바람
나뭇가지 흔들어
흔들리는 것 너 혼자가 아닌데
벚꽃잎
바람 따라
시냇물에
분홍꽃물 들어 떠돌아 가는데
백발에 노인
몰려든 꽃잎 보며
흔들리는 눈길
두 손 가득 쥐어 보다가

꽃비 내려
꽃 진 자리
연둣잎 꽃보다 더 곱다고

# 푸르기에

숨 고르기 힘겨워
젖은 길에
비를 원망턴 젊음이
이 길이 나의 길인가
다른 길 찾아 뛰려도
물은 넓고 깊기만 할 듯
방황에 두려움

오늘
풀끝에
젊음이라 생각 말자
진정 바른 길이면
비 맞아 젖은 몸
젖은 길에 젖은 두 발로
주먹 쥐며 걷자

돌 틈 들풀은
제 길 찾아 꽃 피운다

# 나무

비바람 맞으며
한 자리 지켜
길손마다 후덕한 바람
큰 그늘 펼친다

나무의 심장박동 파랗다
움츠러드는 나는
겁쟁이

푸른 하늘 향해
거침없이
노래하는
너를 닮고 싶다

# 보석빛 하늘

달리는 전철
차창 너머로

털강아지 내숭 떨던
수려한 목련 길

침침한 눈 모아
어느 세월 접고 계시는지

검버섯 무늬 진 어미에 손등

손가락으로 지우다 두 손에 감싸며
옷깃 여미는 초로의 아들

어지럽지 않으세요
근심 어린 아들 말에

어머니가 피워낸 미소가
보석빛 하늘입니다

# 맑은 바람

보리밭 가에
냉이꽃
소똥 무더기에

똥이 무서워 피하나
똥이 더러워 피하지

더러워 피하는 게 아닌
정말
무서워 다가설 수 없는
무서워 치울 수 없는 길
제발
치우고 닦는 용기에
맑은 바람 불어라
불어라 맑은 사람아

# 난

울지 마라
눈여겨보아야 했는데
사랑 목말라
노란 잎 되었구나
화분 뒤엎어 보니
말라버린 뿌리
속이 비었구나

실한 뿌리 몇 가닥
돌탑 쌓아 올리듯
알아
누구의 탓도 아닌
잠시 쉬어 가란 뜻
이 봄
잎새 다독이며
튼실함을 보려 하네

# 어느 여름날

불바람 토악질하는
불밭에
고랑 고랑 땀 부르는 잡초들
긴 한숨에 허리 펴는 할머니

발악하듯 매미가 울던 날
불나비 날아가듯 둥지 떠난 며느리
뿌리 찾아 돌아오라
산모퉁이 눈길 심는다

할미 호령 흉내 내
말문 트인 손자 놈
풀 포기 따라 발 구르며
"응가 할래, 이놈"
"응가 할래, 이놈"

한스러운 주름 펴시며
단비 같은 웃음 한 조각

# 칠월 장마

추적추적 칠월 장마
산업도로 흔드는 대형차
구들바닥은 열 받아 울렁울렁
흰 강아지 카센터 걸레 되어 질퍽이네

징징대는 라디오
숨 몰아쉬는 선풍기
긴 하루 허기져 가슴 시리다

창문을 활짝 열고
벽면에 잠든 마른 들꽃들
고향 땅에 잠재우고
멈추어 선 시계 숨 살려

벼르던 긴 머리 잘린다
장맛비 속에

# 담쟁이

간밤 살매 바람
잃어버린 어린 두 딸
뿌리 뽑혀 드러난 산 나무
머리 풀어 속울음
죽은 나무 씻긴 자리
씻긴다고 지워지나

말 접고 지켜보던
나무가 아닌
마른 줄기 담쟁이
하늘땅이 알리라
물오른 손잡고 달랜다

딸 잃은 어미 된 담쟁이들
붉은 뺨에 촛불 밝혀
담쟁이는 이 밤도 손잡고 오른다

하늘 마음 푸른 물
흐르는 그 길을
담쟁이는 손잡고 오른다

# 매미의 노래가 노래가 아닐 때

매미야 매미야 너는 좋겠다
아무리 크게
노래 불러도 누가 뭐라 않으니

열한 살 손자가 써놓은 시
아파트 갇힌 공간
늘 주술 턴 말
쉿 별님이 놀라네
쉿 아래층 아기가 깰라

매미야 매미야 너는 좋겠다
네 노래에 온 가족이 다 모이니까

아비에 빈자리 손자에 속울음
할미에게 보여주던 다짐에 마무리 글

나는 그렇게 울지 않아
사랑하는 이웃과 친구가 있으니

# 여름 끝자리

숨겹게 치닫던
푸르름
숨 고른다

산 구릉 구릉마다
터질 듯한 풍만함
여인네 농염한 자태

여름 산 정열
잠재우려는 계곡 물
미치듯 벼랑길 달린다

헤어지면 그리웁고
만나보면 시들하고
앗싸, 노래는 흥겹지만

칠순 형님 허탈한 몸부림
관광춤사위
햇빛 녹아
여름 끝자리에
붉게 붉게
타오른다

# 선인장

줄기도 잎도 아닌
시들시들한 삶
구석진 자리
밀리어 놓아진 선인장

어느 날
초라함 끝자리
손톱만큼 붉은 봉우리
줄줄이 화사한 꽃
끈끈한 삶의 결실 피워낸다

중앙 자리한
만개한 선인장
눈길 모은 아첨에
낮에 뜬 반달이 웃는다

# 매미가 울던 날

피우지 못한 꽃
강물에서
못 올 길 간 십육 세 소년
층계 오르면 여린 다리
솜털 보송한 얼굴
초록빛 사랑을 잃었다

밤 내 쉰 소리
목울대 피 터지게
매미가 울었다
명치 끝 저민 어미에 가슴
아들이 울어댔다

# 쥐똥나무

흙바람
지독한 매연에
고단한 고속도로
꺼칠한 쥐똥나무
겨우내 빈 열매 달고
봄날 아가 손 펼친 파란 잎
여름날 거만한 줄기 가위에 잘려
두려운 세상 맛 보았다네

긴 세월 울며 웃다가
낙엽 비늘 떨구며
바람막이
울타리
울창한 울타리가 되었다네

# 가을 하늘

트인 하늘
새털구름 벗 삼고
마음 밭에 바람 심는
이른 아침 한가한 여유가
사치만 같아 조심스러워
하늘 보며 어깨 펴고
큰 숨 쉬어 웃는다

가을 공원 정자 마루
덩그러니 비워두고
하늘 끝 얼마나 깊은가
달빛 머금은
달맞이꽃 되어 날아오른다

# 가슴앓이

너의
한마디 말에
여린 가슴,
실금 내어
하늘 보며
고개 떨군다

허기진 마음
깃 세운 모순덩이

사랑 고픈
줄다리기는
내가 쌓은 옹졸 벽
묻어난
비릿한 웃음

살랑대는 봄바람
초록 새순 가득 채워
말끔히 비워버린
가슴

# 상사초

잠 못 드는 밤
보고 또 보아도 그립고
우주가 온통 밝은 빛
변하는 것 사랑이란 말엔
내 사랑만은
절대 아니라고

내리는 비 그대로
바람이 불거나
꽃이 피어도
길을 걸어도
텅 비어 내가 아닌

조금만
조금만
가슴을 내어줄 것을
독이 된 사랑
독을 약으로 심고
잎이 없는 꽃이 되어
홀로 피우리라

만날 수 없기에…

# 낙엽

연둣빛 고은 잎
검은 구름 흰 구름 보내놓고
떨어지는 노란 잎

바스락 걸어오는
길 위에 아기들
넘어지면 다칠세라
날 세워 몸 돋우는 마른 몸

# 가을의 공원

하얀 공작
깃 파르르
고개 들고
절정의 날개
활짝 펼친다

철창 너머로
텅 빈
속내를 본다

날갯짓 멈추며
가을 공원 잔디 깎던
삶 잊었는가…

허욕 된 빈 가슴에
가을 하늘이 약이라며

# 쑥부쟁이꽃

방 안보다
밖에서 걸어야 한단다
임신한 여인
논두렁 밭두렁에
쓸쓸한 보랏빛 꽃 보며
쑥부쟁이꽃 한 움큼 꺾어든다
보름달만큼 부른 배 안고

꽃단장한 환한 방 안
화장을
여인도 단장을 한다
중천에 뜬 달 안고 온 사내가
여인의 살피 웃음이
어색해 머쓱한

화장을 지운다
당신이 아닌 줄 알았지
아내의 버선을 벗겨주며
베갯머리 곁에서
혼잣말 한다, 웃음 머금고

쑥부쟁이꽃 환한 방 안에

# 겨울 산

눈부신 눈밭에
쓸쓸함 한 발 서러움 한 발
버린다 찍는다

눈꽃 속에 씻기운
붉은 뺨에 피어난 웃음꽃

산마루에
가녀린 상수리
눈꽃 속에 숲을 일구리라
봄을 기다리며

# 폭설

눈이 내린다
골목길 아이들 탄성
쌓인 눈에 스키장

눈꽃나무
옛 사랑 부르고
시샘 하던 폭설은
차바퀴 묶어 놓았다

재 넘어 학교 간
막내딸 기다리며
목 늘여
애태우더니

폭설에 피어난
옛사랑
재 너머로 날아간다

# 겨울 바다

별빛 겉도는 외로운 겨울 바다
출렁입니다
물결은 슬픔 싸안은 얼음덩이
옷깃 헤집고 맨 가슴에
비벼 댑니다

침묵 되어진 슬픔
소리 내어
소리 내어
바다로 띄웁니다

# 2
## 별 것도 아닌 것이

무언의 공원
이승보다 짙은 여운
옷깃 여며 빈 가슴 되네

아침 이슬 인생사
무슨 색인가
별것도 아닌 것이
별것도 아닌 것이

# 비둘기

비원 숲 사이 저 높이
외로운 비둘기 떼 맴도네요
대학병원
병동에 몹쓸 병마
시시각각 울부짖는 통곡에
갈길 멀어 날아가듯
비둘기 떼 지어 날아가네요

어제의 거리 오늘에 하늘
주체치 못할 헤어짐은
잘해주지 못함에 죄인 되어
가슴 치네요
하늘에 비둘기 떼 날아가네요

# 공원

목마름에 하늘 보며
키 재기에 지친
패랭이꽃
고향 떠난 옥이가 그립고

시름겨운 쑥부쟁이
잔 송이
소슬바람 간지럼에
쑥스러워 하늘거린다

고향 땅에 단꿈 든
말나리꽃 섬초롱꽃
이름표로 서 있지만

늘 습관처럼 이별은
새날이 되어
또 다른 나로
걷기 시작한다

# 그 섬엔

달리는 차 안
덜 익은 아침햇살
숭덩숭덩 마시려니
구름 한 점 날아든다

섬은 홀로 묶였다

벗은 개펄에
따개비만 쌓이고
입질 못한 갈매기
서성이며 날다 끼룩인다

섬이고픈 섬

바다가 깨어 일어나
파도를 쏘아 본다
설익은
가슴 아려온다

# 산

산에 오른다
오를수록 작아진다
잔디 속에 뽑혀진
잡초 같은 나
숨소리마저 크게 쉴 수 없네

산에 오른다
오를수록 고개 숙인 나
숨결 고르며 조심조심 오르니
작은 풀도 푸르다
하늘 한껏 드넓다

흙 향기 풍기며
온갖 풍상 겪은
산에 오르니 오를수록
걸음마다 엄숙한 울림
가진 것 얼마나 많은가
지체가 얼마나 높은가
오만을 버리고 마음 비우라고
산이 말해주네

# 바다

살아있음에

물 자락에
햇살이 빛난다
빛은
물결 위에 금빛
치솟아 눈부시다

만선 꿈꾸는 고깃배
물결 가르는
소망 하나
곧은 삶
살아간다고
살아가자고

비굴하지 않은
바다를 본다

# 베틀에 앉아

마밭에 마가 여물었다
누렇게
삼대 손질에
갈라진 살 틈
쪼갠다, 무릎에서

베틀에서 태동은
칠 남매 검정고무신 가지런히
자식 살피듯
여린 실엔 풀기로
날 세워
북실* 넣어 삶을 짜는 날
허기진 뜰엔
손톱은 날을 세운다
북실 가는 곳 고르게
주름이 다져진다

결 고운 베가 곱게 선다


*북실: '밑실(재봉틀의 북에 감은 실)'의 북한어

# 별것도 아닌 것이

무언의 공원
이승보다 짙은 여운
옷깃 여며 빈 가슴 되네

아침 이슬 인생사
무슨 색인가
별것도 아닌 것이
별것도 아닌 것이

이리저리 힘겨운 짐
이룬 것은 봉분 하나
설운 넋에 젖어 있네

숨 모은 겨울나무
꽃 피겠지 새봄이 오면

# 비질을 한다



꽃 잔치에 지친 공원 모퉁이
몸 불편한 사내가
비질을 한다

매미는
정자 그늘 아기 재우다가
가을날 소낙비 되어
출근길 발소리 셈하다
독도를 품듯
동해안 파도처럼 울어댄다

공원 비둘기
고운 분홍빛 발가락
비질하는 사내
젖은 등판도 분홍에 물든다

# 내 고향 용산


실개천엔 맑은 물 소리쟁이가 지천인데
해지면 밥 먹어라 엄마 목소리

형형색색 휘장 뒤로 많은 상여꾼들
효창공원 모신다며 통곡소리 높던 동네
은색 물체 비행기 떴다 놀라 책상 밑 숨었다
전쟁이란다
폭우 속에 번쩍 한강 다리가 끊겨 어둠뿐
총소리에 빨리빨리 밀리며 끌려서
얼음 강을 걸어 빈집 부엌서 자던 밤
열병에 쓸려가듯 간 사람들
냇가에 봉긋봉긋 묻어놓고는 내일은 없다
아 내일이 있을까

돌아왔다
부서진 우리 집
한강물이 넘쳐 들고난 자리
거미집 된 쌀독 쓸고 닦으니
얼굴에 피 돌아 붉고
풀 한 포기 없는 붉은 산도 목이 타들고
한강물 수초가 발목을 안고
철없는 장난기로 눈비 맞을 때

삼각지 고가도로는
몇 번인가 세웠다 부쉈다 또 사라진 동네

백년을 살던 파란빛 나무대문 집
역사 책갈피에 잠든 골목길에
밥 먹어라
지금 여기 엄마 목소리가 들리는 듯

# 월악산

겹겹이 깊은 골
돌고 돌아
사라지는 뜬구름
살풀이 춤사위 접는다

여름 소나기
잡초에 개미 잠 깨워
세속의 불안
월악산에 버리라네

석양에 노을 보며
겸손을 나눌 시간
걸음 멈추어
새 소리 바람 소리
들어 올린다

# 삶의 갈구

하늘 마음인 채찍
번개 되어 꽂힐까
못난 자 가난이 죄
두려움에 숨죽인다

먹구름 제 몸 부딪쳐
일갈하는 천둥소리
귀 막아 갈구하는
허허한 삶의 미련이여

# 여정

숨차게 달려왔습니다
눈꽃 모아 망막 가득
하얗게 각인하려니
이 겨울은 어제랍니다
실낱같은 녹색의 삶
눈 깜박이다
봉오리 틀어 꽃 피우니
봄날이 달려갑니다
고단한 여정 끝자리
나의 창안에
낙엽이 쌓입니다

# 바닷가에서

꽃샘 철
날 닮은 비릿한 냄새
외로움 사라지는 곳

협궤열차 소금밭 젖은 염부들
헐벗은 작업 인부 소금 싣고
부끄럼 없이 뿜어대던 연기
한 많은 철마는 갔다
사람에 발이 되었던 철교 너머
둑 가엔 낚싯대 꿈은 깊고
만선 어부들
어물 흥정 어시장은 뜨거운데

갈매기 속없이 날고
속살 드러낸 교각 바닥
오늘 다리가 위험해서
오도 가도 못 한다는 철교
날숨에 엉덩이 들고선 어선 귓가에
들숨에 파란 바람
시름을 달래주려
풋풋한 사연 안고 서둘러 온다고

# 오지마을 뱃사공

오지마을 뱃사공
돌아서면 살찌우는
얼음 밭을 부셔댄다

마을길은 오직 뱃길뿐

벗은 나무 눈꽃잔치
갈대숲은 울어대는데
굽어진 투박한 손마디로

후려친다
단꿈을 접은 채
후려친다
뱃사공 어깨 위로
별 무리 날아든다

따 악 따 아악
흔드는 얼음 강 소리
혼탁한 세상에
쇳소리로 울리며

사람에 다리가 되어
길잡이로 서 있는 뱃사공

# 소래산 해 오름

소래산 솔밭길
붉은 해 오름 타고
앞서거니 뒤서거니
차오르는 숨결
바쁜 일 없는 노인
할 일이 없음에 두 볼이 붉었다

벗이여
끈끈하게 지킨 자리
해 묵은 먼지들
말끔히 씻어 비워놓고
아침 해 오를 때
산에 오릅시다
저녁노을이 곱다지만
아침 해 오름만 하리요

# 소래포구

가고파 진정 포구로 가고 싶어
새장 같은 네모 방
일상의 짐 풀어 버리고

바다야 내가 왔노라
찰싹 찰싹 서해 물결
갈매기 춤추며 반긴다

돛대 위로 해를 받들고
만선 꿈꾸는 통통배
넘고 넘는 험한 물결 고비
형제 같은 어부의 검붉은 얼굴들

물새야 얼마나 홀가분하니
삶의 짐 하나 없으니

# 약수터길


앞산 가득 흩어지는
아카시아 향수 바람
온 마을 오손도손
숲 바람은 인심 바람

십 년이면 변한 강산
밀어 엎은 산야 간 곳 없고
인간 욕심 인간 둥지
하늘 높은 줄 모른다

졸졸 고여 넘치던 약수는
어느 곳에 길 잡아 흐를까
잿빛 시멘트 벽 모퉁이
하얀 미소 수줍은 목련이 알려나

# 외갓집

국화 꽃잎 바른 창호지 문 밖에
소복소복 쌓인 눈
키순 따른 장독대
항아리 키만큼 아담하신
부지런하신 할아버지는
볏짚에 콩깍지 끓여
구수한 냄새가 집안 가득
하얀 김 모락모락
볼이 미어져라 씹으며
더운 콧김 씩씩 뿜는 새끼 갖은 어미 소
추울세라
보송보송한 햇짚 툴툴 털어
외양간 바닥 풍성하게
햇짚 가마니 문 달고
터질 듯 무거운 어미 소에 둥근 배
다독이시던 투박한 손길

봄볕 같은 눈길로
낫 놓고 기억 니은 깨우치신 할아버지
큰 그늘에 나무 되어
칠 남매를 품고 계셨던 외갓집
구리면 인창리 기차, 터널 지나면 거기에

# 가로등

까만 밤 별빛은 곱다
자식 밝히는 어버이
제자 길잡이 스승님
나라 다스릴 사공님 가로등보다 큰 등대라네

문득, 한낮에
다리 풀려 빛 잃고
그림자도 지운 채
화려한 추억조각만 주워들고
줏대 없이 숲 속에서 졸고 있는 것은 아닐까

# 중앙역

살아간다는 것이
마음대로 되지 않아
먹먹할 때
남들은 맘 비우라고

네 삶이 금이 가던 날
길을 걷다가
갑자기 가슴이 저려
숨쉬기 버겁다가
하늘이 노랗다
혈압이 위험수위
몸에 중앙이 덜컹거린다

중앙역에서
모두가 바람인 것을

# 한강은 오늘도 흐른다

강물이 흐른다
흐르는 강은 말하지 않았다

그날 밤
하늘 마음인 장대비에
깜깜한 젖은 길
사람들 물 되어 흐른다
강물 흔드는 포성
쫓기듯 목적 없이 밀려간다
별안간
세상 끝 보일 듯
번쩍이는 섬광 속에
인간의 마지막 외침들
한강 다리는
다리이기를 포기하고
처참하게 절단되었다
생명을 하늘에 저당하며
엄마 아버지 형제 찾는 절규
목이 터지는 외침에
온 천지 무너지던 그 밤
비는 지독스레 퍼부었다

해가 뜨고 또 지고
수십 년
멈춤 없는 흐름에
희석된 그림자
은빛 강물에 물고기
남과 북 자맥질 수영놀이 즐긴다

절단되어 불구인 다리
아린 상처 잊은 듯
한강은 오늘도 저절로 흐른다

# 이 길이 아닌데

버거운 삶의 짐 지고
밝아오는 새벽시장
길 잃은 비둘기
시장통으로 날아든다

인천행 일 호선
안내방송은 수원행 가리봉역
이 길이 아닌데 아닌데
이고 진 짐 숨통을 조른다

시장통 비둘기야
인간이 물려 논 밥상에
고개 묻고
어느 숲을 그리는가

너도 나도 가는 길이
너무도 멀리 돌아왔구나

# 거울을 보며

누구야
거울에 비친 낯선 얼굴
풋풋한 마음이 비치길 바랐지만
착각의 숲은 투명해 담을 수 없대요

너를 외면하였지
빛바랜 몸이 두려워
하지만
따듯한 빛 마주할 수 있게
연습할래요
거울을 보며

# 꽃집 아줌마

며칠마다 전철을 탄다.
철로 변을 바라보면 흐뭇한 미소가
가슴 저 밑에서 솟아 마냥 즐겁다.
어느 계절보다 봄이 좋고
꽃이 있어 더더욱 좋다.

꽃 중에서 라일락만 바라보면
내면에서 싸늘해 오는 추억이 있다.
우리 가족이 건강한 몸과 마음을 함께 한지
수년 만에 우리 집을 마련했다.
그 집은 정원이 아름다웠다.
꽃을 보면 사람에 마음을
상쾌하고 밝게 만든다.
철 대문 옆에
먼 곳에서도 보이는
무성한 보랏빛 라일락
뜰에는 담장을 타고
흐드러진 넝쿨장미
개나리꽃, 홍매화, 상사초,
앵두나무 가지가 찢어지게
빨간 앵두를 꽃처럼 달고
갖가지의 꽃나무가 서로

다투어 피고 지는 뜰에서,
우리의 열매인 인(人)꽃들도 밝고 맑게 커 주었다.


세월이 흘러
희망을 키우던 시절도 잠깐
사업 실패로 집을 팔아
작은 규모로 옮기게 되었고
이사를 한 곳이
집에서는 버스로 세 정거장을 더 가는 곳
하지만 나도 모르게
그 집 앞에 서 있다가 돌아섰다.
그때도 라일락은 향기를 피우며
고요히 미소 짓건만,
돌아서면서 울먹이곤 했었다.
꽃을 좋아하니
우리 집 별명은 꽃집이 되었고,
이곳으로 이사 온 후에도
꽃에 미련을 버리지 못하고,
꽃집을 하는 이 우연은 필연인가?


세 아이의 엄마인 나는
내가 가꾼 꽃이 며칠 사이에,

아니 일 년이 가고,
세월이 흐름에 따라
아름다운 자태로
변해 가는 것을 보면서,
자식들도 우리의 가정에서
예쁘게 자라 주길 기도드렸다.
꽃을 키우는 마음
자식을 키우는 마음 자세는 같다.

언젠가 창가에 아니면,
방 귀퉁이에 햇살을 품고
김이 뭉클 배어 나오는 차 한 잔에
책과 함께 누릴 수 있는 시간이 있기를

라일락꽃을 보면서
울먹이던 봄날이 없었다면
오늘의 나를 만들 수 있었을까?
우울과 자포자기에 앞서
그래 아직은 시간이 있으니,
다시 시작하는 거야!
"어떻게 길러야 해요? 물은요?"
이렇게 물어 줄 때면,

나는 몇 권의
원예 책을 읽은 것이 고작인 상식을 말한다.
"이 꽃은 햇볕을 싫어해요.
그늘에서 키우고,
물은 열흘에 한 번
예쁘다는 눈길을 주어요!" 하며
이런 대화에 뿌듯해 오는
마음은 희망이 솟는다.
돈도 벌고
꽃 속에 취하여
시간 가는 줄도 잊으며 즐겁다.

그늘과 햇빛,
상반된 단어들,

활짝 핀 라일락도
어느 시기에는 스러지고,
잎이 무성하던 여름이 지나면, 그래도 좋다.
잎이 시드는 가을이 되고
눈 쌓인 겨울이 지나
눈 녹아 봄이 오면,
뿌리부터 꽃이 움트고,

줄기보다 더 굵어지는 결실이 있으니
시간의 흐름이 어찌 좋지 않을까?
하늘 우러러 부끄럼 없는
시간을 엮어가다 보면,
뿌린 그 언저리에
꽃향기 흐름을 이 연륜에서 더욱 의심치 않는다.
그래서 나는 항상 즐겁다.


"아줌마, 이 꽃 얼마에요?"
불러주는 이웃이 있기에
더욱 더 흐뭇하다.

# 3
## 늦은 밤 사랑 고백

해 묵어 곰삭힌 된장에 상추쌈
맛있구나
햇살 같은 어머니 모습 떠올라
예순여섯 해에 사랑 고백하던 철부지가
상추쌈에 목멥니다

저녁노을 안고 선 이 가슴에
아직도
외발로 서서 웃으십니다

# 사랑

봄날 스산한 아침
없음에 지친 어머니
두어 집 앞까지 쓸어보렴

여름날밤 벌레 춤출 때
비바람 맞고 선 야생화
패랭이꽃이 웃는다

가을날 비우는 삶 고르면
여린 나무 보듬고
고운 단풍 쌓으리라

겨울날 과욕에 몸살
김장김치 칼국수 한 사발
나누는 이웃 마음은 봄날

# 길 위에 아이들

오월엔 소리 없이 파란비가 옵니다
기억 저 너머 아홉 살 어린 시절
외가 가신 어머니 기다리는 길 위에 사남매
전차길 옆, 나란히 앉아서
그냥 지나치는 전차가 서러워
또 한 대만 기다리자던

1917년생 이름 어머니
몇 번인가 폐허로 삭막한 세상
전쟁 끝에 늘어진 낡은 허리끈
아침에 마음 접고 행여 길을 잃으실까
가슴 조여 이승과 저승 오가던 길 위에

긴긴 햇살 재 넘어 고운 달님 떠오르면
없음에 지친 어머니, 달님 닮은 어머니
까칠한 손 잡고 안기던 까만 눈망울들
희망의 끈 잡아 작은 가슴 떨리던 어제 같은 옛날

# 마음

칠십 고개 오르던 날
어떤 그림 그려 이쯤 서 있나
서투른 밑그림에
세월만 장마통에 바가지 띄우듯 흘려
지난날 철없음에
오늘 불안해도
다시
그리다가
비듬일랑 훌훌 털고
가불된 근심도 탁탁 털어
환한 빛으로 색칠을 한다

내일은
또 키가 크겠지

# 늘 처음처럼

만발한 벚나무 옛날엔 실뿌리가
쑤욱
버들강아지 탈 쓴 저 내숭쟁이
실눈 속에 청자 사발 목련나무

가지가 찢어질까 보듬고선 잣송이
한 치에 작은 뿌리가 큰 잣나무
쑤욱
도로 곁에 없는 듯 몸 낮게 접더니
봄비에 파란 잎 피워
쑤욱
쑥이다

# 어린 날에

피난 갔다가 돌아온 집
신새벽에
역전에서 엄마가 만들어준 김밥
친구들과 뛰어 놀듯 팔았던
기찻길에 석탄 주워 등짐 지다
미군 헌병에게 잡혀
눈물 콧물에 지쳐 돌아온 집
사람 먹을 것도 없는데
쥐는 밤새워 문짝을 갉아먹던
이빨 빠져 지붕에 올려놓고
빈 장독대 위에서 별을 잡고 놀던 집

폭탄에 무너진 동네
우유에 강냉이죽
어떻게든 살아야 살려면 먹어야지
거리엔 미군들 1950년대
거친 혀 놀림에 껌 씹는 소리 요란턴
흔해 빠진 미제 콘돔이 풍선되어 불던 동네엔

폐병에 칠 남매 두고 가신 순이 엄마
골목에 신발 소리 요란턴 겨울밤
우물에 달 뜨던 밤

엄마가 보인다며
우물가에 가지런히 신발 두고
저세상으로 가신 순이네 아빠
앞집 개가 달 보며 온밤 내 울었던 밤

뒷마당에 포플러나무
넓고 높은 아틀리에*
큰 동상을 만들던 미란 네
트럭에 짐 싣고 피난 가던 집
미란 오빠 중학교 교복에 마음 설렜던
미란 네 집은 이층 집

있는 자는 흔한 미제들
없는 자는 강냉이죽도
바닥을 긁고 긁었던 시절
멀건 죽 먹는 날 엄마는
뛰지 마라
뛰지 마라
배 꺼진다

헝겊으로 만든 엄마표 책가방
땡땡땡 전차가 달리고

몸에 이약을 뿌리던
쥐 잡아 꼬리를 학교에 가져가고
회충약 배급 타서 먹었던
미제 신문으로 벽을 바르고
신문지 잘라 변소에 걸던
공동수도에 물통 줄 서고
공동변소에 줄을 서던
변소처 변소처
똥통을 지고 골목을 달리던

구슬치기 딱지치기
사방치기 고무줄놀이
땅따먹기 자치기
공기놀이가 재미있고
맑은 공기가 달콤하고
별들이 우르르 손에 잡힐 듯 낮았던

미제 우유깡통에 간절한 맘으로
봉선화 씨를 심었던
서울시 용산구 한강로 우리 집
그날이
눈 감으면 어제인양 살아난다

*아틀리에(atelier): 화가, 조각가, 공예가, 건축가, 사진가 등의 작업장

# 날고 싶다

슬프도록
끝없이 깊은 하늘
풀어진 끈
고만큼
지침 없이 날아오른
가녀린 가오리연

떠오른 날갯짓에
피 끓는 판소리 한 마당 띄어
힘 실은 실타래
투박한 손끝에 뜨겁다

날고 싶다
날고 싶다
다시 한 번만이라도

# 늦은 밤 사랑 고백

찔레꽃 향기
좋아하시던 어머니
사랑합니다 말 못한 철부지가
어느 늦은 밤
사랑하는 맘 알고 계시죠

그렇게 말해주니 고맙구나
그리고 미안하다

그 목소리 귓가에 맴도는데
흔들던 가지들 떨쳐버리고
가신다는 눈인사도 잊고 가신 어머니

해 묵어 곰삭힌 된장에 상추쌈
맛있구나
햇살 같은 어머니 모습 떠올라
예순여섯 해에 사랑 고백하던 철부지가
상추쌈에 목멥니다

저녁노을 안고 선 이 가슴에
아직도
외발로 서서 웃으십니다

# 건망증

이웃형님
죽어야지 살아 뭐해
내 발 좀 봐
한쪽은 딸이 사준 샌들
다른 쪽엔 며느리가 사준 효자신
갈 땐 몰랐지
누가 물으면
발가락 아파서 신은 것이라 말하려
늙으면 죽어야지 암 죽어야지
어딜 다녀 오냐면
병원에 무릎이 아파서

전철 출입구 나갈 수가 없다
순간이 길고 답답해
손엔 카드가 아닌
오백 원 동전 들고
뭘 봐요, 쳐다보는 동전
이런 내가 두렵다
내가 너를 잊으면 어쩌나

전철 출구에서
집 열쇠 꽂아 돌려도

나갈 길이 깜깜하던 순간
더는 아니야
요만큼만 깜빡이자

도장, 통장과 주민증
완벽한데
은행 문은 열리지 않고
상가 앞 거리에 텔레비전
애국가가
오늘은 공휴일
기미년 삼 월 일 일
나를 울린다
아니 나는 크게 웃으련다
내가 나를 잊지 않으려면

# 가버린 사랑

분수없이 제철 몰라 핀 봄꽃
덩달아 나도 꽃이라
4월에 주제 파악 모른 채 핀 눈꽃

화산폭발에
태풍에 쓸려
지진에 묻혀
하늘길
바닷길
목숨이
쉽게 사라지는 무서운 세상

아마도
언 발에
언 발에
오줌을 너무 너무 많이 싸버린 탓일 걸…

# 사랑과 미움

가게 앞에
똥을 싸던 흰둥이
현장서 들켰다
야, 새끼야
일갈했다 쳐다보는 개 주인
개에게 욕하고 사람에게 미안턴

집 잃은 개인지
버림받은 개인지
피곤에 지친 검정 개가 기웃댄다

함부로 버리는 사랑이 두려워
사랑하지 못하는 사랑
버리는 사랑이 무섭다

# 가로등

까만 밤 별빛은 곱다
자식 밝히는 어버이
제자 길잡이 스승님
사공 가로등보다 큰 등대라네

한낮에 빛 잃고
그림자도 지운 채
추억에 조각만 주워 들고
줏대 없이 숲 속에서 졸고 있는 가로등

# 만남

억만 겹 끝자락
초록빛 인연
산자락에 눈 묶어
수줍은 패랭이꽃
사랑이

주름 속 어줍은 미소에
보랏빛 한스러움도
모닥불 연기에 숨겨
울먹이던 사랑의 굴레

# 삶

위로 위로 솟았다
엉켜 틀어쥐고 놓으려 않는다
꽃삽으로 도려내도
화분이 터질듯한데

그 남자는
어떻게 했을까
엉킨 낚싯줄 잘도 풀어 감고
앉은 의자는
갸우뚱거려
늘 흔들거렸던

바람 속에서
화분 속 뿌리같이
세상 한번 틀어쥐고
흔들리면 흔들리는 대로
인생 풀어서
감았더라면
낚싯줄 당기듯
팽팽히

# 희망사항

새벽시장 달리는 날
건강이 있어
할 일이 있음에 감사하며
복지관에 들러
영어회화도 배운다
외무고시 보실 거예요?
놀리는 칠순에 남학생
정신연령은 사십 대인
칠 학년 오 반을 넘긴 사회 선배님
정열이 뜨겁다

언젠가 손자들과
영어로
이야기 할 수 있기를 희망하면서…

# 사노라면

아버지
죄송해요
애들은요
넓은 땅 어디서 찾겠어요
돌아오겠죠

인력 사무실 앞
전화를 끊은
맑은 눈의 젊은이
다가선 트럭에 오른다
지켜보던 비둘기 부부가 말했다
나뭇가지가 보이질 않아
이거라도 가지고 갑시다

빌딩 이 층 난간
녹슨 못 지지대 삼아
금잔디 몇 잎에 만든 둥지
두 개에 알을 품었다
빌딩 난간에서
알을 품었다

# 외출

햇살 유리창에 묶어
등짐 잠깐 문고리에 걸고

미안, 오늘 쉽니다
흰 종이 검정색 눌러 쓴다

등짐 벗은 청계천 잉어 되어
대학로 소극장 연극 보러 갈까나
소양강가 거닐며
겨울 이겨낸 들풀들 볼까나

쉰다는 긴 날이 두려워
쓰다가
써보다가 옷깃 여미며
오늘도
마름질만 해 본다

# 상처

전철 안
뛰어들듯 다가선 할머니
한 여학생 앞에 느닷없이

버릇없이
눈을 그렇게 뜨는 거야
째려보면 어쩔 거야
여긴 노인자리야
거친 소리로 호통을 친다

친절한 옆 사람
시력 잃은 장애우잖아요

진작 말하지, 몰랐잖아

중얼대며 멀어진다
조금은 미안했을까
상처가 씹힌다

입 안 가득
서걱대는 모래 되어
나

누군가에게
미안해진다

# 삶의 노래

젓갈 사세요
새우젓 멸치젓
목울대로 잠겨 드는 목소리
초보 행상의 어줍은 외침
뭐가 있어요?
마른 침 한번 삼키며
젓갈 있어요
새우젓 멸치젓 있어요
까르르 숨넘어갈 듯
웃음소리
그냥 가세유
아저씨가 놀리는 거유
무엇 때문일까
볼이 화끈화끈
아줌마
저 앞 밥집에 가보소
걸걸한 희망의 소리
몽땅 팔았다
고마워라

부뚜막에
말갛게 씻은 도시락 다섯 개

무엇으로 채울까
세 아이에 까만 눈망울
어둠 속에 밝은 빛 되어
발걸음 날아간다

# 새로운 시작

하얀 눈 내리던 날
강은 노래를 재우고
벗은 나무는 새를 보냈다

허공 속에 혼돈의 날갯짓이 춤춘다

가지마다 수놓은 눈꽃
하얀 세상 만들어 세월을 셈할 때

얼음 강 노래와
빈 둥지 돌아올
날갯짓 기다리며

# 순간

오랫동안 씹어 삼켰다

부드럽게
거칠게
슬쩍 씹다가
착착 접어 곱씹다가
뱉었다가
닳고 닳아서 흔들리던
이빨이
저 홀로 진다

추녀에 낙수 고인 물
맨발로
물놀이하던 시절
엄마가 실 묶어 뽑은 이빨
지붕 위로 던져 올리며

"헌 이 줄게, 새 이 다오"

# 멈추다

남루에 초연한 얼굴
천정 구석에 눈 묶어 손사래를 치십니다
애야 어서 와
어서 오라니까
어여 응
뇌고 뇌며 또 뇐다
그리움에
생각을 잠그셨는지
제풀에 지쳐
움츠린 굽은 등이 멀어집니다

비 개이고
나흘 만에 든 찐한 햇살
밝은 오늘처럼
아픔 없는 삶이기를 주문해 봅니다

# 시선 묶어

자
입 다무시고 눈 뜨시고
잎이 풍성했던 날 번민도 잎새만큼
어깨 힘 실어 두려움 없이 차렷

치즈
공원에 아이들 재잘재잘 뛰놀 때
한 순간 꽃잎 웃음에 스마일

자 아주 친한 척
한 호흡 시선 묶어 피워낸 웃음꽃
연둣빛 마음 모아 차알칵

# 이별

긴 밤 창 두드리는 겨울비 소리에
그대 떠나보내고 잠 못 이룹니다

눈부신 붉은 융단
풍성히 쌓아 두고 오한에 떨고 있습니다

창밖의 단풍나무
그토록 장해 보임은 그대가 보이지 않기 때문입니다

비에 씻긴 가지
단풍잎은 흩어지고 눈물방울만 떨어집니다

당신의 가는 길 축복해주지 못함은
이승의 잊지 못할 추억 때문인가요

# 나의 화려한 꿈

전쟁 후 피난기
십 대 중반기
점심 굶어도
외화에 묻혀서
서부의 광야를 달리고
중세 시대에 왕가를 거닐기도
밤하늘 눈 묶어
푸른 눈에 스타를 가슴에 품었다

신데렐라처럼
사랑의 제인이 되기도
아님 태스가 되어 떠나자
그런 행운
그런 사랑을 만나자
둥근 얼굴 주근깨 키 작은 소녀는
다락방에서 꿈을 꾼다

제인과 태스와 뛰놀다
잠든 장독대
소낙비에 새가슴 젖을까
책을 품었다
꿈을 담았다

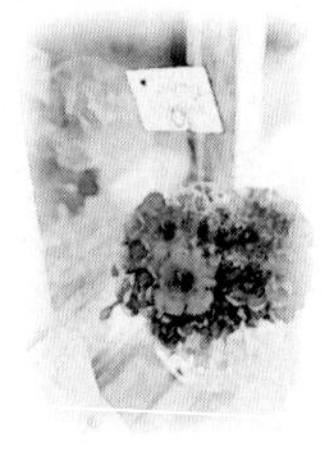

· · · · · · · · · · 꽃집 아줌마

# 4
## 화려한 고독

기척 없는 외로움
어둠을 밀었다
젖은 우산처럼
불은 켜지 않았다
냉장고에 무심한 술병
쓸쓸함을 마시려다
창을 열었다

# 아침의 행복

말끔한 햇살에
구겨진 마음 씻어
살아난 숨결은
햇살에 눈부시다

어제는 옛날
주저앉히는
어설픈 완장
벗어버리고
두 발 힘주어
맨땅에 호미질한다

게으른 눈보다
부지런한 손길
시작은 절반 너머로
숲 바람을 부른다

이 아침
터질 듯한 행복은
살아 있음에…

# 거미줄

밤마다 작은 멸치 되어
발버둥 칠 때
발목 묶은 고무줄
늘려보니 곧 끊어질 듯

햇살 먹은 은색 거미줄에
잠자리 한 마리 바둥바둥
길 잃은 잠자리나
은행동에 나나
생각에 생각만 하다가
올 테면 와 봐라
갈 때 되면 갈 것이니
하루가 달려오다 뛰어서 간다

내가 묶어놓은 축복
나는
오늘도 거미줄을 친다
가늘고 길게
어제처럼

# 공수표


1999. 12. 19. 이른 새벽
서울역 지하도

비겁하게 찌든 먼지
겹겹이 걸치고
뒹구는 소주병 뒤로
얼굴에 나태한 상처
수세미 머리
담배연기 뿜더니
닮은 모습 여인 하소연에
절망이 아닌
체념이 아닌
비장한 어조
사내의 하는 말
나만 믿어

정녕
겨울잠 깨어
삶에 두려움 부숴
일어서시라
믿으라는 그 말
빈말이 아니길

바람 가르는 말
파란 하늘에 심는다

# 고추 농사

고추 농사 지어 보세
버려진 큰 화분
문명 쓰레기 스티로폼 상자
햇살 모아 흙 거름 고루 섞어
종자 심고 가꿔 보세

시들시들 허리 굽히면 물 주고
부스럼 진딧물에 약 주고
때 되면 음식 주듯 비료 주고
기둥 세워 눈길 주어 보살펴야지

농사 아무나 하나
고추 농사 인간 농사
하늘 뜻 정성으로 가꿔야
곧게 뻗은 실한 가지
탐나는 싱그러운 열매
주렁주렁 매달린다네

# 화분

아파트 작은 베란다
고만큼에 햇살 물고
치자나무, 동백나무, 여린 단풍

떨어진 동백꽃
떨어진 꽃이 아까워 주워 듭니다
화분 속 삶 버거웠는지

어젯밤 꿈
치자나무, 동백나무, 단풍나무
온종일 햇살 밟히는
단단한 들판에 심어져
살고 있었습니다

우거진 숲에서
무성한 잎새를 하늘거리며

미안합니다
화분 속에 심어서…

# 옷이 걸린 가게

걸린 옷이 아닌
원피스가 걸어 들어온다

술술 풀어 놓는
원피스 같지 않았던 인생사

1935년생
일제 강점기 부모님 잃고
남침에 육이오 전쟁
포연 속에 굶주림
배반당한 사랑에
자식조차 앗아가
목숨 버리려던 많은 날
부딪힌 벽에서
어떻게 무너져 내렸던가
한 올 한 가닥
토해내듯 울컥인다
잡은 찻잔에
손가락이 떨린다

오늘은
나도 원피스로 물든다
찬란한 삶에 무늬로

# 마늘 까기

흙에서 왔는데
알갱이는 알갱이로
껍데기는 껍데기로
남을 것 버릴 것
알갱인들 껍데기인들

난
알갱일까
껍데기일까

벗겨짐에
항거한 진액
살 틈 파고든 통증 쓰리다
벗이 건네준
난 꽃 보며

난
꽃일까
가시일까

누군가에 꽃이 될 수 있다면
난 꽃이 된 벗님

상처 사위어진다

# 바른 길


첫 새벽 두려운 뉴스

교정에서 연한 잎 병들어
뒤엉킨 실타래
폭력에 어린 생명을 시들게 했다
여물지 못한 꽃봉오리
무엇이 그들을
길을 잃게 하는가

뿌리부터 다시
비 갠 땅에 맨발로 서서
밭고랑마다 누운 포기
고쳐 세우는
결진 마음으로

# 펜션 아줌마


호미와 그릇과 장화를 건네준다
바다에 단맛을 보라며

세상에 쓴맛을 본 사람들
호미와 빈 그릇과 장화를 벗는다

따개비만 쌓인
묶어놓은 섬에서

# 바다, 섬 그리고 어머니

물결 가르며 배 떠갑니다

멀리 벼랑길 바다 품고
배는 날아가 듯
관광객들 심신이 들뜹니다
갈매기 무리, 자맥질 비행
뱃머리에 후미에 환영하는 듯
흥을 돋우는 구수한 선장의 노래
일탈에 성공한 자의
자아도취가 절경에 취합니다

어머니는 바다를 모르셨습니다
일생을 땅과 하늘에 기대며 사셨습니다

바윗돌 주워 모은 기묘한 형상의 섬
희망과 좌절의 삶을 찍어내는 듯합니다
깎아지른 암벽 사이 수묵화 한 점
질긴 삶에 소나무가 그늘을 만들고 서있습니다

어머니가 바다에 보입니다
소나무는 어머니를 닮았습니다

# 몸살

긴 밤 내 베게 안고
머리 둘 자리 씨름터니
홀로 아프다

가을비 몸 젖어
낙엽은 소리 없이 눕고
비둘기 구구구구
어제 같은 오늘
관객 떠난 야외무대도 젖는다

키 높은 시계탑
어젯밤 몸살로
시계바늘 묶어 휴가 중

# 화려한 고독

기척 없는 외로움
어둠을 밀었다
젖은 우산처럼
불은 켜지 않았다
냉장고에 무심한 술병
쓸쓸함을 마시려다
창을 열었다

나를 채웠다
비우는 잔
난초 속에 피고 진다

# 바보

양지 뜸 눈 녹아
꽃바람 손끝에 잡힐 듯

나무가 아닌
그대와 눈 맞춤 해야 했는데
눈 맞춤을 피함은
튼실한 나무 되길 바람인데
짙은 한숨에
나약함이 물들까봐 손잡지 못했네

상념으로 오르던 길
내려오면 언제나 제자리
산을 닮으라지만
바람 소리 새 소리 듣지 못했네

봄은 저편에 서고
이 세상 살아가는 길
얼마나 힘들고 행복한 일인지
풀잎 하나도 정겨운 날

바보는 어디에…

# 1998 유감

아침 햇살 눈부시게 밀쳐도
서산마루 낮달은
차마 넘지 못하고 서성입니다

지친 삶의 짐 발목에 걸고
달리던 공단 골목길 공장 문이 닫혀
정겨운 얼굴들 보이지 않네요

술 취해 뒤엉킨 발길에
연한 잎새, 깊은 상처
풀어 끊고 사라지는 꽃잎
피우지는 말아야지

대지를 가르는 들풀 같은 삶
새봄엔
새 삶을 채우렵니다
또다시 그렇게…

# 중심

일 분 일 초
저울질 하루에
한 시 반 시
바늘방석인 날
앉은 방석이
어색해 낯붉힌 날도
그 무게 지탱하려
못 하나 있었네

긴긴 하루에
열두 달은 뛰어 날고
함박웃음 재잘재잘
손자들 품던 날
만남이 고맙고
반질반질 잘도 커간다

마지막 한 장
겸손히 넘기면
새로운 하루
새로운 한해를 걸어둘
못 하나가 서 있네

# 꿈

낡은 통나무
삭은 새끼줄 엮어진
이 층 계단 인기척 없고
음식만 그득한 뷔페식당
준비 하지 말라 했는데
왜?
소리쳤다
반사되는 소리뿐
아무도 없다
깨어보니 꿈

이웃 형님
마음 준비하시게

문 밖 출입 멈추고
앙상한 나무처럼
지금 몇 시야, 가야 할 시간이야
꿈을 꾸는 듯 미소 짓고
삶의 끈 풀어 그렇게 갔다
삼십 년 꿈결 같은 세월
그가 갔다

미안해요
정말
미안해요

# 명품

석양빛 마주한 칠십 고개

삶에 누더기 버리고 비우고
가벼이 하련다는 빈말
하지만
명품을 어찌 비우랴

오늘
아침에 큰 별도 지던데

# 에스라인

검은 머리 가녀린 얼굴
그녀는 고왔다
작은 농토에 식솔은 많아
세상에 제일 큰 새
먹새란 뜻 알아
첫 새벽 첫차에 오르다
들깻잎 열무 묶어
간장 된장 짐 머리에 이고
시장통에선 힘센 장사라
한여름 풀벌레 울음 같이 흐른 땀
불어난 논두렁
뒤뜰 안, 대청마루 거울 같았던

흰 머리 이고선
들녘엔 땅거미
척추뼈 내려앉아
세 발로 걷는 에스라인
그녀의 마음엔 검은 달 뜬다

# 여울목

이슬 젖은 풀 숲길 발걸음이 뜸했던가
누운 풀은 가르맛길
머리에 똬리 얹어 빨랫감을 이고
저만치 서 큰 그늘 만들고
종종걸음 따른다

여울목에서 송사리 흑잠자리 춤추고
휘늘어진 나무그늘
눈 시린 물살에 손 젖는다

그 시절 아홉 살 딸아이
어미의 산고가 두렵고
무엇 하나 넉넉함이 없던 세월

지금은 지천명의 할미 되어
아직도 그 여울물 소리
들리는 듯

# 내비게이션

차는 달리는데
방향 찍지 않은 내비게이션
달려서 어린 날 살던 곳
눈 내리면 눈을 먹고
비 내리면 꽃이 되어 뛰놀던
엄마 품처럼 그립던 곳
그렇게 돌아본 한 생에
눈 감아도 늘 보이던 길을 달렸답니다

나도 따라서 같이 달려봅니다

나, 가려나 봐
안보이면 갈 곳으로 간 줄 알아
저녁 어스름을 손잡고 있잖아

눈 감아도 볼 수가 있었을까
눈을 뜨고도 보이지 않는 길
내비게이션엔 뜨지도 않는 그 길을

감사함 찍어 놓고 달려봅니다

# 반성

같은 하늘
같은 생각 아니라
손가락질 하다 보니

내 가슴에
무겁게 찌르는
날 보는 손가락이 더 많더라

# 마중물

아픔 없이 맑았던
친구가 가면을 쓰던 날
고개가 굽히질 안더니
거짓 웃음
마름질로 상처주고
모래밭에 씨를 심었네요

친구야
마중물 내린 들
퍼올릴 진실 사라지니
그림자 살펴
진솔한 오늘이길
이 밤 또다시
맑은 마중물 마련해
손을 다시 잡으려 합니다

내리다 보면
퍼서 올리다 보면

# 전철 안 풍경

평소 이 시간에는 전철 안이 그리 붐비지 않았다.

서 있는 사람은 보이지 않고, 맞은편에 있는 젊은 남녀 한 쌍이 아까부터 저 모습으로 사랑 어린 눈매로 바라보면서, 손으로 머리며 뺨이며 온몸을 어루만지면서 사랑을 표현하고 있다.

남의 시선은 아랑곳없다.

'저리도 좋을까? 그래, 사랑 좋은 것이여

나도 저 시절이 있었지 하지만 좀 그렇다.'

전철 안의 승객들은 그들을 힐끔거리며 본다.

마주 잡은 네 개의 손들, 그래 나는 이쯤에서 눈을 감았다.

민망스런 눈길이 마주침이 없도록 눈을 내리덮고 있었다

차 안에서 졸고 있는 모습은 자기 교양의 비하로 느껴,

졸지 않으려고 마음먹지만 이즈음엔 몇 정거장을 지나기 전에 졸음이 오고, 졸지 말자고 다짐해도 소용이 없다.

졸음과 씨름에서 지고 잠으로 빠져들려는 순간이었다.

별안간의 이 굉음

이럴 수가

코 청소 소리가 하도 커서 바라보니 그 청춘의 청년이 아닌가.

푸짐한 소리와 푸짐한 휴지로 서너 번의 요란한 소리

와 함께 작업을 하더니 발밑 바닥으로 슬쩍 휴지를 놓는다.

'아니? 저럴 수가!'

그 청년은 주머니에서 또 휴지를 꺼내어 펑퍼짐하게 펴면서 작업을 재도전하지 않는가?

그러더니 태연하게 다시 발밑으로.

'아 괴롭다.'

속이 뒤집혀서 도저히 참을 수가 없다.

아냐, 조금은 기다려 볼까?

잠시 후에는 치우겠지!

인내라는 인내는 모조리 동원해서 참고 있는데,

왜? 안 치우고 있는 거야?

이런, 이런?

지저분한 청춘들이군!

지상에서 가장 정겨움을 서로 표현까지 하던 그들이 아닌가?

별안간 혐오감으로 변해가는 마음을 도저히 참을 수가 없다.

나의 인내심도 한계를 넘어섰다.

아냐!

내가 하고자 하는 말을 그가 듣고는 주먹으로 내리치면 어쩌나?

그럼 나도 맞서서 싸워야지! 그건 정의를 위한 전쟁.

아냐! 어쩜 말을 해도 그냥 못 들은 척할지도 모르지.

이런 갈등 속에 여섯 정거장이 지나갔다.

'영, 신, 구, 구, 개, 오, 온, 역' 다음은 내려야 할 역이다.

앞에서의 약자는 각 정거장의 머리글자로 오랜 세월 동안을 달리다 보니, 내 머릿속에 입력된 것이다.

흥분을 내리누르고, 지극히 낮은 자세로 얼굴은 평온하게 음성 또한 부드럽게,

"저어, 이 봉투 쓰실래요?"

아니, 이 시선, 전철 안의 시선이 졸음 속의 이웃을 빼고는 모두 이쪽으로 집중되었다.

순간, 등줄기에 땀이 흐른다.

청년은 받아 든 봉투에 사건을 마무리 지으며 자기 주머니 속으로 틀어넣는다.

'야호, 대성공이다.'

고마워라.

이젠 팡파르를 울려도 되겠지.


사람들을 풀어놓은 전철은
태연하게 철길을 달리기 시작했다.